AF234069

VENTE

des Mercredi 26 et Jeudi 27 Décembre 1906

HOTEL DROUOT - SALLE N° 1

A DEUX HEURES PRÉCISES

D'UN

BON MOBILIER

ANCIEN ET MODERNE

SALON DE L'EPOQUE LOUIS XV

TABLEAUX — DESSINS

des Écoles Française, Hollandaise, Flamande et Italienne
des XVIIe XVIIIe et XIXe siècles

GRAVURES

PORCELAINES — FAIENCES

OBJETS D'ART

Piano à queue et Piano droit

<table>
<tr><td>COMMISSAIRE-PRISEUR</td><td>EXPERT</td></tr>
<tr><td>Me Edmond APPERT</td><td>M. Robert GANDOUIN</td></tr>
<tr><td>16, rue Grange-Batelière, 16</td><td>40, avenue Wagram, 40</td></tr>
</table>

EXPOSITION PUBLIQUE

Le Mardi 25 Décembre 1906, de 2 heures à 5 heures 1/2

C. CHARDON
RUE MILTON 8/
PARIS

CATALOGUE

D'UN

BON MOBILIER

Ancien et Moderne

SALON DE L'ÉPOQUE LOUIS XV

TABLEAUX - DESSINS

des Ecoles Française, Hollandaise, Flamande et Italienne

des XVIIᵉ, XVIIIᵉ et XIXᵉ Siècles

GRAVURES

PORCELAINES - FAIENCES

OBJETS D'ART

Piano à queue et Piano droit

DONT LA VENTE AUX ENCHÉRES PUBLIQUES AURA LIEU

HOTEL DROUOT — SALLE Nᵒ 1

Les Mercredi 26 et Jeudi 27 Décembre 1906

à deux heures précises

COMMISSAIRE-PRISEUR	EXPERT
Mᵉ Edmond APPERT	**M. Robert GANDOUIN**
16, Rue Grange-Batelière	*40, Avenue de Wagram*
PARIS	PARIS

Chez lesquels se distribue le présent Catalogue

EXPOSITION PUBLIQUE

LE MARDI 25 DÉCEMBRE 1906

CONDITIONS DE LA VENTE

Elle sera faite au comptant.

Les acquéreurs paieront 10 o/o en sus des en-
chères.

L'exposition mettant le public à même de se rendre
compte de l'état des objets, il ne sera admis aucune
réclamation une fois l'adjudication prononcée.

Dans l'intérêt de la vente, l'expert se réserve la
faculté de rassembler ou diviser les lots.

DÉSIGNATION

TABLEAUX, DESSINS
MINIATURES

BOULANGERS

1 — Nymphe au bain.

LE BOURGUIGNON (Attribué à)

2 — Combat de cavalerie.

BUDELOT (Ph.)

3 — Retour du pâturage. Le déménagement du fermier.
Deux pendants.

ECOLE FLAMANDE

4 — Les patineurs.
Peinture sur bois.

5 — La joueuse de musette.

ECOLE FLAMANDE LOUIS XIV

6 — En adoration.

7 — Vieille femme lisant.

GODEFROY

18 — Les bords de l'Oise.

Aquarelle.

DE GRAILLY

19 — Soleil couchant.

LACROIX (de Marseille) (Genre de)

20 — Bord de la mer.

MAGNIANT

21 — Vue de Paris.

Fusain.

MARQUETTE

22 — Rue d'Alger.

Aquarelle.

METZU (D'après)

23 — La lettre attendue.

MIGNON (Attribué à Abraham)

24 — Insectes et papillons au milieu de fleurs.

Deux pendants.

25 — Natures mortes.

Six tableaux.

LE PARMESAN (Attribué au)

26 — Sainte Véronique.

PARROCEL (Attribué à)

27 — Cavaliers combattants.

POELEMBURG (Attribué à)

28 — Danaé.

PRANISCHNIKOFF (J.-P.)

29 — Retour d'expédition.

SAUVAGE

30 — Deux miniatures grisailles.

SPAENDONCK (Genre de Van)

31 — Fleurs.
Panneau décoratif.

STROSROPFF

32 — Nature morte.

TÉNIERS D. (père) (Attribué à)

33 — Rendez-vous au marché du village.
Cadre bois.

VIGÉE-LEBRUN (Genre de)

34 — Portrait de femme.

35 — Le mariage de sainte Catherine, gouache L. XIV.
Cadre bois sculpté.

36 — Portrait du colonel de Bretteville.
Dessin.

EPOQUE DE 1830

37 — Miniature, femme coiffée d'un voile.

38 — Sainte en extase, La Vierge et l'enfant, Portraits d'homme et de femme.

Miniatures.

GRAVURES

Pièces sur les Sports

39 — Reproductions de tableaux et chefs-d'œuvres du XIXe siècle, gravures coloriées, lithographies.

COCHIN (D'après N.)

40 — Le bal à Versailles.

NICOLLET et PATAS

41 — Plan de ville et cartes géographique

PLUMET (Par et d'après)

42 — Bonaparte.

Gravure.

THEVENIN (Par et d'après C.)

43 — La prise de la Bastille.

44 — Sous ce numéro environ quatre-vingts pièces : tableaux, dessins. gravures anciens et modernes.

PORCELAINES ET FAIENCES

45 — Porcelaine de Paris : tasses, assiettes et petits sujets objets de vitrine.

46 — Vieux Paris. Bouillon, porcelaine blanche rehaussée d'arabesques d'or.

47 — Saxe. Statuettes, bouquetières, vases, objets de vitrine, etc.

48 — Sèvres. Une coupe fond gros bleu, une paire de vases fond gros bleu, réserves à sujets galants.

49 — Service de table en porcelaine de Sèvres, initiales L.-R., dix-huit couverts.

50 — Satzuma. Petit service à thé, neuf pièces et son étagère.

51 — Deux grands vases porcelaine de Chine.

52 — Biscuit. Jeune fille couchée. (Coup de feu).

MEUBLES

53 — Mobilier de salon Louis XV, bois sculpté peint blanc recouvert de soie, composé de : un canapé, quatre fauteuils, une bergère et quatre chaises.

54 — Glace bois doré. Style Louis XVI.

55 — Console style Louis XV, bois sculpté et doré.

56 — Piano demi-queue de Pleyel n° 115.568.

57 — Piano droit de H. Bord, en noyer ciré, n° 105.868.

58 — Deux fauteuils. Style Louis XV.

59 — Petit chiffonnier. Style Louis XV, noyer ciré.

60 — Table ronde à jeu Louis XVI.

61 — Petite table citronnier incrustation de bois, 1830.

62 — Table bouillotte acajou. Style Louis XVI.

63 — Guéridon Louis XVI en acajou, filets de cuivre.

64 — Baromètre de l'époque Louis XVI, bois sculpté doré.

65 — Vitrine ancienne bois noir, filets de cuivre, (réparée).

66 — Grande armoire formant vitrine et commode, acajou. Époque Empire.

67 — Table de style Louis XV.

68 — Petite jardinière, marqueterie et bronze.

69 — Table à jeu marqueterie. Genre Boulle.

70 — Petit chiffonnier marqueterie.

71 — Table à jeu. Style Louis XV.

72 — Grand lustre à six lumières, verrerie vénitienne.

73 — Grand lit pour deux personnes, deux petites tables de chevet en noyer ciré.

74 — Petit lit époque du Directoire peint en blanc.

75 — Bureau plat. vitrine, peints en blanc.

76 — Guéridon. Style Louis XVI, bois doré.

77 — Table de salon, marqueterie et bronze. Style Louis XVI.

78 — Mobilier de bureau en chêne sculpté composé de : une table bureau, une petite table, une bibliothèque vitrée, un meuble à hauteur d'appui formant bibliothèque, fauteuil, chaises, etc., etc.

79 — Salle à manger de style Renaissance composée d'un grand buffet à étagères, une desserte, une table à allonges et huit chaises.

80 — Mobilier de salon bois noir, garni de panne verte, composé de : un canapé, deux fauteuils et quatre chaises.

81 — Petite étagère vitrée.

82 — Petit commode. Style Louis XV.

83 — Bibliothèque, table bureau, secrétaire, deux bibliothèques à hauteur d'appui, noyer ciré.

84 — Table à thé en bois des îles.

85 — Sous ce numéro : meubles, sièges anciens et modernes.

86 — Tapis, carpettes, chemins. Ustensiles de ménage et de cuisine, casiers à bouteilles.

87 — Petite armoire normande.

OBJETS D'ART

88 — Deux coupes bronze Empire.

89 — Deux ivoires sculptés Louis XVI.

90 — Coiffures et bonnet alsaciens.

91 — Six pièces. Vases, vasques, jardinière, en Chine cloisonné.

92 — Friederich. (B.). Portrait de M. Riss.
Bas-relief en bronze signé et daté 1834.

93 — Buste en marbre : Portrait présumé de George Sand.

94 — Petit paravent chinois à huit feuilles.
Peinture sur marbre.

95 — Petite pendule Louis XVI, marbre et bronze doré.

96 — Garniture de cheminée, pendule et deux candélabres bronze et marbre.

97 — Réunion de statuettes indiennes, types du pays.

98 — Flambeaux argentés. Style Louis XIV.

99 — Lot de verrerie, pièces en Bohême, Venise, etc.

100 — Sous ce numéro : Objets d'art anciens et modernes.
Sera divisé.

RED. :

16

graphicom

0 1 2 3 4 5 6 7 8 9 10

MIRE ISO N° 1
NF Z 43-007
AFNOR
Cedex 7 - 92080 PARIS-LA-DEFENSE

BIBLIOTHEQUE
NATIONALE
DE FRANCE

****

CHATEAU
DE
SABLE

1996